AF462857

DISSERTATION

SUR CETTE QUESTION:

LE GÉNIE EST-IL *AU DESSUS* DE TOUTES RÈGLES?

Par M. MERMET, *Professeur de Belles-lettres à l'Ecole Centrale de l'Ain; de l'Académie de Montauban, du Lycée des Sciences et Arts de Grenoble; de la Société d'Emulation et d'Agriculture de l'Ain. etc. etc.*

A PONT-DE-VAUX,

DE L'IMPRIMERIE DE BERTHET FILS.

An 10.

DISSERTATION

SUR CETTE QUESTION: LE GÉNIE EST-IL AU DESSUS DE TOUTES RÈGLES?

Malheureux Mille fois celui dont la manie
Veut aux règles de l'art asservir son génie.

Boileau, Satire 2.

IL est peu de questions dans la Littérature, qui méritent mieux d'être soumises à la discussion que celle que nous venons d'énoncer. Il paroît que dans tous les temps, moins il y a eu d'hommes de Génie, plus les Règles ont été violées. En France même, que voyons-nous aujourd'hui? Que la Comédie qui sous les pinceaux de Molière pétilloit d'une gaieté si vive, a changé ses ris contre des pleurs; que l'Opéra qui devroit être le plus sublime des spectacles et dont la nature a tant de rapports avec celle de l'Epopée, loin de participer à la noblesse du Poëme Epique, n'offre le plus souvent, que le ridicule d'un divertissement bouffon; que plusieurs Auteurs ont écrit l'Histoire à la manière des Romans, tandis que d'autres écrivoient des Romans dans le style de l'Histoire, etc. Rien n'est donc plus utile dans les circonstances présentes, que de rappeler aux Règles la foule de nos Ecrivains, et de demander en général, si le Génie est dispensé de les observer.

Celui qui sait inventer, et qui éprouve ces mouvements rapides qui font saisir avec transport tout ce qu'il y a de beau dans la Littérature et dans les Arts, voilà l'homme de Génie; mais cette heureuse disposition de l'ame suppose une pénétration vive, un jugement solide, une imagination féconde, et sur-tout une grande noblesse dans les sentiments; une pénétration vive qui fasse découvrir promptement tous les rapports de l'objet que l'on contemple; un jugement solide qui sache les apprécier avec justesse et les placer dans l'ordre qui convient à chacun; une imagination féconde qui puisse les représenter sous les traits qui leur sont propres, enfin la noblesse des sentiments qui imprime aux ouvrages comme aux actions ce caractère d'héroïsme qui ravit et transporte.

Il est évident d'après ces notions, que l'idée du beau n'est point arbitraire; que les véritables productions du Génie doivent avoir les mêmes beautés dans tous les temps, indépendamment de la diversité des goûts nationaux, et qu'un homme de Génie qui n'auroit aucune connoissance de ce qui constitue le Goût chez les différens Peuples, ne laisseroit pas d'avoir de grands succès par-tout. Ce n'est que pour avoir senti vivement les convenances immuables, que Sophocle, Euripide, Homère ont toujours joui d'une si grande gloire. Comme la lumière, le Génie pour plaire n'a besoin que de lui seul, et de même que l'Aigle ne reçut point des ailes pour se traîner dans l'étroite circonférence des vallées, ainsi le Génie dégagé de la prison des Règles peut et doit souvent se mettre au dessus d'elles.

Distinguons avec soin l'homme de Génie de l'homme de goût, et tâchons de dessiner le caractère de l'un et de l'autre avec tant de clarté, que les nuances qui les différencient ne puissent échapper à personne.

Le premier sentiment qu'inspire la contemplation de la nature, est celui de l'admiration. L'homme doué d'une imagination vive, d'une sensibilité profonde, d'un esprit pénétrant et étendu, ne peut voir sans se sentir élevé au dessus de lui-même, tout ce qu'il y a de beau et de sublime dans ce vaste ensemble; il en jouit avec ivresse, il voudroit pouvoir faire partager son émotion à tous les êtres, il interroge d'abord ceux qui lui ressemblent, il prête ses affections à ceux qui lui paroissent insensibles. il entend leur langage, il apperçoit les rapports qui lient leur existence à la sienne, ses pensées font éclore pour lui un nouvel univers où tout s'embellit, où tout reçoit de son imagination le mouvement et la vie. Rival audacieux du Créateur, il présente dans ses ouvrages ce qui l'a frappé le plus dans ceux de la nature, la grandeur et la majesté. L'ordre qui règne dans ses productions n'est pas toujours sensible, parce qu'il n'est pas donné à tous les yeux de saisir les rapports cachés qui le conduisent, mais la marche libre qu'il conserve au milieu des matières les plus difficiles, y laisse des traces profondes qui annoncent son passage. La pompe des mots, l'éclat du coloris, les formes brillantes du style le touchent peu, un grand objet lui inspire une grande pensée, un sentiment héroïque l'élève dans une sphère supérieure, et si alors il veut peindre l'état délicieux de son ame, l'expression la plus simple sera son interprête: c'est par un bizarre assemblage de régularité et de désordre, de beautés et de défauts, de stérilité et de richesses, de formes terribles et d'accidents gracieux, que la nature parle à notre ame et l'ébranle; c'est par les mêmes moyens que l'homme de Génie l'étonne et la captive.

L'homme de goût suit d'autres procédés également puisés dans la nature. En l'observant avec un vif désir d'en découvrir toutes les richesses, d'en percer tous les mistè es, il est comme l'homme de Génie frappé du bel ordre qui y règne, et ravi de trouver tant d'harmonie entre des êtres si différents, il cherche à pénétrer le secret qui a su en tirer ce grand tout, où la variété des détails ne nuit jamais à l'unité du dessin. Il voit que la nature a placé par-tout le beau à côté du laid, les petits objets à côté des grandes masses; que parmi les êtres qu'elle renferme, les uns sont en mouvement et les autres en repos, ceux-ci bruts, ceux-là, organisés; quelques-uns doués d'un principe d'activité qui varie sans cesse leurs actions, tandis que d'autres sont condamnés à parcourir toujours le même cercle de mouvement: il voit que malgré la diversité de leur destination particulière, ces êtres concourent tous à la même fin générale; que la nature quand elle place un terrein stérile à côté d'un site fertile et riant, passe par des gradations insensibles de l'un à l'autre; enfin que si quelquefois des beautés sauvages et incultes lui plaisent plus, que celles qui ne se font remarquer que par l'arrangement régulier de leurs parties, il éprouve un sentiment plus agréable encore, quand sur un fond naturellement grand et majestueux, la régularité vient répandre les charmes qui lui sont propres.

De là il conclud, que tous les ouvrages dont le but est de plaire à l'esprit, doivent lui présenter un tout; que la variété des parties ne doit jamais nuire à l'effet de l'ensemble; que les contrastes nécessaires pour attacher l'esprit, le révolteroient s'ils se changeoient en contradictions; qu'il faut plus de variété que de symétrie dans les objets qui peuvent être vus les uns après les autres, et plus de symétrie que de variété dans ceux qui ne peuvent l'être que d'un seul coup d'œil; qu'il est des liens secrets qui empêchent les transitions d'être tranchantes; qu'avec un heureux choix de mots et de sons, on peut peindre à l'oreille en même temps qu'à l'esprit le caractère idéal ou sensible de chaque chose; qu'une analogie constante observée dans la nature, veut qu'il y ait de l'accord entre le lieu de la scène et l'action qui s'y passe, et que comme elle ne place point les fruits délicieux sur les rochers arides, de même on ne fera point entendre les plaintifs accents des regrets sous les berceaux de la volupté.

L'homme de Goût voit donc la nature d'un autre œil que l'homme de Génie. Celui-là maître de lui-même, suit d'un cours paisible les traces de chaque chose, en démêle les nuances les plus fines et les plus délicates; celui-ci absorbé dans l'objet qu'il contemple, n'en apperçoit que les grands traits: aussi l'homme de Goût forma l'art sur le modèle de la nature, l'homme de Génie pour rivaliser avec elle, n'eut besoin que de la voir: l'art apprit à bien faire à celui qui pouvoit faire bien ou mal; le Génie pouvoit-il mal faire, lui qui n'est que la perfection suprême de l'humaine raison.

Mais si le Génie n'a besoin que de regarder en lui-même pour y découvrir des beautés de tout genre, ce précieux avantage fut réservé à lui seul: le sort ordinaire de l'esprit humain est de ne marcher qu'à la suite de quelques hommes privilégiés faits pour donner des lois et des modèles à tous les autres: ce sont eux qui allumèrent le flambeau du Goût au foyer du Génie, et c'est l'intérêt même des lois conservatrices du beau, qui exige que nous examinions jusqu'où doit s'étendre leur empire.

Tout émane d'un seul principe, il n'y a qu'une vérité dans la nature: toutes nos sciences ne sont que des vérités sécondaires qui vont aboutir à cette vérité unique et centrale: c'est par l'observation, c'est en remontant des plus petits effets jusqu'aux plus grands que nous nous rapprochons de chaque vérité particulière, et quand nous sommes parvenus à ce point, notre esprit éprouve ces premiers mouvements de satisfaction d'où naît l'enthousiasme; mais cette vérité particulière n'est elle-même qu'un effet dont il faut chercher la cause dans les effets d'un ordre supérieur, et le besoin d'aller toujours plus loin, besoin si pressant pour les hommes qui ont fait les plus grands progrès, prouve assez que ce qu'ils ont trouvé, n'est encore qu'une foible partie de cette vérité unique et primitive.

Il existe entre les esprits une subordination qui n'est pas moins sensible que celle des vérités entr'elles. L'un apperçoit une idée et la rend sans confusion, c'est l'esprit clair; l'autre en apperçoit plusieurs, et les distribue dans l'ordre qu'exige l'importance ou le caractère de chacune, c'est l'esprit juste et méthodique; celui-ci découvre des rapports cachés, ou fait sortir par l'analyse ce qu'on n'avoit pas encore vu dans des rapports connus, c'est l'esprit fin; celui-là ne prend que la fleur des objets et la présente avec grace, c'est l'esprit délicat; le don de parcourir avec une rapidité brillante la cime d'une série d'idées, fait l'esprit léger; mais pouvoir en réduire un grand nombre à l'unité de perception, s'élancer au but sans toucher les milieux, ne se mesurer qu'avec les grandes choses, contraindre ce qu'il y a de plus abstrait dans un sujet à devenir sensible, ce qu'il y a de plus aride à se couvrir de fleurs, tel est le beau talent de l'homme de Génie, il embrasse d'un coup d'œil ce que les autres n'apperçoivent que successivement, il est dans l'échelle des êtres, celui qui est le plus rapproché de ce centre de lumière qui n'a laissé tomber sur la nature que de foibles rayons, et de l'élévation où il est placé, il apperçoit un monde où les autres n'apperçoivent qu'un point: jusqu'ici rien ne lui a encore fait sentir le besoin d'un guide. Pourquoi, s'il vouloit produire, le sentiroit-il davantage? Quelle est en effet la carrière où il ne pourroit se soutenir seul, seroit-ce celle des beaux arts?

Les beaux arts se proposent d'affecter l'imagination et le sentiment, pour produire cet effet, l'étude la plus nécessaire est celle du cœur humain, et les Règles n'apprennent ni à sentir, ni à émouvoir: les connoissances même les plus certaines que nous ayons de ce qui peut plaire à l'homme, quoique fondées sur l'expérience de tous les temps, ne se vérifient pas avec la même exactitude dans tous les cas particuliers, et les divers états où l'homme peut être considéré, pouvant varier à l'infini, ainsi que les circonstances qui les accompagnent, quelle sera la règle unique et invariable à laquelle on soumettra toutes les exceptions qui viendront contrarier les principes? N'est-ce pas alors que l'Artiste ne devra prendre conseil que de lui-même, pour faire face à des obstacles qu'il ne prévoyoit pas, ou pour imaginer des hardiesses dont il n'y a encore point d'exemples?

Si d'ailleurs les beaux arts ne sont que des langages qui se sont approprié des moyens particuliers pour se faire entendre à nous, comment seroit-il possible de les assujettir à d'autres Règles, que le langage parlé lui-même? Celui qui observe le plus soigneusement les règles de la Grammaire, est-il celui qui parle le mieux, et ce qu'il y a de plus beau dans un écrivain, ne le doit-il pas à son génie? Mais pourquoi ne peut-on pas fixer une langue? parce qu'un nouveau gouvernement, de nouvelles mœurs, de nouvelles découvertes font naître de nouvelles idées, et par conséquent de nouveaux mots, et que l'esprit humain étant doué d'une perfectibilité indéfinie, il n'est personne

qui puisse

qui puisse assigner le point où la pensée de l'homme s'arrêtera, ni celui où sa langue cessera de s'enrichir. C'est pour les mêmes raisons qu'il est impossible de poser la dernière limite d'un art, et dès qu'il peut toujours s'agrandir, toutes les Règles qui l'établissent, ne sont-elles pas nécessairement conditionnelles? Qu'un homme supérieur paroisse, toute la théorie d'un art ou d'une science, va être changée, et alors que deviennent vos préceptes? Peut-être eût-il été à souhaiter pour l'honneur des arts, qu'on n'eût jamais entrepris d'en fixer les Règles: ils n'auroient produit que des chefs-d'œuvres, parce qu'il n'y auroit eu que les hommes qui auroient reçu de la nature une vocation irrésistible, qui seroient entrés dans la carrière, et c'est pour cela sans doute, que la première époque d'un art a presque toujours été celle qui a vu paroître les plus beaux ouvrages, quand il n'y a point de modèle, il faut en créer, et ce don n'appartient qu'au Génie, les talents médiocres n'éprouvent jamais le besoin de produire.

Ce n'est pas que parmi ce grand nombre de Règles qui se sont établies dans l'empire du goût, plusieurs ne soient fondées sur la nature elle-même. C'est elle par exemple, qui inspire à l'orateur tous ces moyens adroits si propres à concilier à l'accusé la bienveillance des juges, tandis que dans d'autres circonstances elle le portera subitement à un mouvement impétueux qui soulèvera toute leur indignation contre un Catilina qui ose venir conspirer la perte de sa patrie jusques dans le sanctuaire des Lois.

Il est d'autres Règles qui sans être fondées sur la nature, le sont sur ce qui peut plaire aux hommes éclairés: telle est la loi qui veut que le poème épique et la tragédie soient écrits en vers: telles sont celles qui ont déterminé les proportions des parties dans les cinq ordres d'architecture, le Génie ne s'affranchit jamais des premières, il est même impossible qu'il ne les observe pas, il modifie quelquefois les secondes, et le goût même lui en sait gré.

Pour appercevoir plus clairement la vérité dans le sujet que nous traitons, examinons quelle dut être la marche des premiers hommes de Génie.

Le premier qui eut du Génie, n'eut d'autre maître que lui-même, ni d'autre modèle que la nature. L'idée du beau empreinte dans son esprit, lui faisoit admirer avec enthousiasme les grands objets que lui offroit l'univers. La beauté des cieux, le bruit majestueux des flots, la parure éclatante des fleurs, tout le portoit à une méditation douce et profonde; mais comme rien ne nous est plus naturel que de vouloir imiter ce que nous admirons, l'homme de Génie dut chercher les moyens de peindre ces cieux, de rendre le bruit de ces eaux, de dessiner ces fleurs: les premiers essais du Génie eurent donc les arts pour objet, et ces esquisses furent simples et grandes comme le modèle qu'elles retraçoient: après, on célébra la divinité et les services rendus au genre humain par les grands hommes; il fallut choisir un langage qui en flattant l'oreille par l'harmonie frappât l'esprit par de fortes images: on soumit le langage ordinaire aux Règles de la cadence, on le retint aisément, on le chanta, ce fut la poësie, le Génie produisit successivement les autres parties de la littérature et des arts, ainsi que les sciences exactes. Ce qu'il s'étoit d'abord contenté de produire, il l'observa et voulut l'embellir, l'observation trouva les Règles, les Règles habilement employées formèrent les chefs-d'œuvres, mais employer habilement les Règles, ce n'est pas les suivre minutieusement de point en point; c'est savoir s'en dégager à propos pour trouver dans un essor plus hardi des beautés plus frappantes; c'est imiter ces fleuves qui se détournent de tems en tems de leur lit, pour s'engager dans des détours également agréables à l'œil du spectateur et utiles aux terrains qu'ils arrosent. Le Génie fit naître les Règles, mais ce n'étoit pas pour lui: vouloir s'y soumettre, c'est prétendre enchaîner l'activité du feu. Voyez Bossuet quand il crie aux pâles auditeurs: *madame se meurt, madame est morte;* Racine quand il met sur les lèvres d'Hermione ces paroles si touchantes: *je t'aimois inconstant, qu'eussé-je fait fidèle*! Virgile quand il fait dire à Nisus: *me me adsum qui feci etc.* comme l'un nous épouvante! comme les deux autres nous attendrissent! qui croira qu'alors ces grands écrivains pensassent à suivre les Règles? qui croira que la vive impression qu'ils font sur l'ame, soit l'effet de quelques froids préceptes? O Corneille, par quel art divin la Veuve de Pompée me fait-elle verser des larmes si douces dans une scène inutile (*a*) que les Règles proscrivent? c'est que malgré le désordre de sa douleur, elle dit les choses les plus touchantes et les plus vraies? c'est que déjà ému par le tendre attachement de *Philippe* (*b*) pour la mémoire de son maître, je le suis encore plus de la grandeur d'ame avec laquelle le poëte fait parler César. Peu suffit au Génie, il apperçoit une étincelle, il la saisit, il s'embrase: quels plus foibles moyens que ceux employés dans la Tragédie d'Athalie, et quel grand effet n'en a pas su tirer le Génie de Racine?

Bossuet est avec raison bien plus

(*a*) La Scène 1 du 5 Acte de Pompée.
(*b*) Affranchi de Pompée.

admiré que Fléchier: cependant personne ne s'astreignit moins aux Règles que lui, Fléchier est quelquefois monotone, parce qu'il ne sut jamais s'oublier un instant, c'est un Rossignol qui se plaît à faire redire aux échos ses chants mélodieux, tandis que Bossuet est cet oiseau courageux qui s'élançant jusqu'au séjour des tempêtes, ose fixer l'éclat du soleil. Fléchier plaît à l'esprit, Bossuet pénètre l'ame: Fléchier brille plus qu'il n'échauffe, Bossuet échauffe plus qu'il ne brille: lorsque Fléchier s'élève, il paroît mesurer son vol, Bossuet s'élance sans prévoir où se terminera son essor, et s'il se perd quelquefois dans les nues, c'est toujours comme le soleil pour reparoître plus brillant ensuite. Quand Fléchier peint, j'admire la correction des traits et la douceur du coloris, c'est le pinceau de l'Albane; celui de Bossuet a la touche mâle et vigoureuse de Michel-Ange. Dans ses oraisons funèbres, Fléchier répand tant d'élégance, il emploie des tours qui ont tant de fraîcheur et d'éclat, qu'on pourroit dire que les graces sont en pleurs auprès des ombres qu'il plaint: dans celles de Bossuet, je crois voir la mort se ranimer à sa voix: c'est l'Etna qui s'ébranle, et dont la lumière terrible fait frissonner mon cœur.

Or, cette supériorité que Bossuet a sur Fléchier, ce n'est pas à une observation plus scrupuleuse des Règles, qu'il la doit. S'il nous domine et nous subjugue, c'est qu'il attaque nos cœurs avec les armes des passions; s'il ennoblit les moindres sujets, c'est quil a un grand fond de richesses: il n'est donc si élevé au dessus de son rival, que parce qu'il eut plus de Génie: plus on a de Génie, moins on a donc besoin du secours des Règles.

Parmi les ouvrages de littérature, il en est dont le but est moins d'instruire, que de toucher ou de plaire, et c'est par sentiment qu'il faut juger de ces écrits. Celui qui n'aura pas l'ame brûlante de Rousseau, nous intéressera-t-il comme lui pour Julie? Et ne faut-il pas sentir comme Bernadin, pour interprèter la nature avec cette éloquence douce qui lui est propre? L'homme de Génie sut remuer l'ame de son semblable, long-tems avant que la Rhétorique existât, et l'on sut parler avant d'avoir fait les Syntaxes.

Il est vrai que c'est au goût à diriger le Génie: mais quoique Corneille auroit ignoré toutes les Règles de la composition dramatique, qui ne voit que seul avec sa fécondité, il eût imprimé au *Cid* des beautés sublimes? (c) Toujours

---

(c) Voltaire observe que Corneille avoit donné tous ses chefs-d'œuvres avant qu'il y eût en françois une poëtique supportable. Avant lui, notre Théâtre étoit si grossier, qu'il n'y avoit dans les pièces aucune vraissemblance, on ignoroit jusqu'à la nécessité de l'exposition du

il eût su nous rendre Chimène intéressante, toujours il eût observé ces Règles fondamentales du beau, qui étant éternelles comme Dieu, sont indépendantes de toute institution humaine comme lui. Les Règles doivent être regardées comme un supplément que l'art a préparé à ceux qui n'ont reçu qu'une mesure ordinaire de cette force, de cette richesse, de cette intelligence qui répandues avec profusion dans l'homme de Génie, forment son caractère, et puisque ces Règles ne furent faites que d'après les beaux modèles, n'est-il pas évident qu'elles ne purent avoir d'autre fin que de diriger les esprits incapables d'en produire? Ou du moins, ne seroit-il pas ridicule de penser que les écrivains qui composèrent les premiers chefs-d'œuvres sans autre

---

sujet, et lorsque *Mairet* fit jouer pour la première fois sa *Sophonisbe*, il fut obligé de demander aux comédiens, qu'il lui fût permis d'observer l'unité de lieu.

secours que celui de leur Génie, auroient eu besoin de s'appuyer sur la main des Règles pour en créer de nouveaux?

L'art n'est proprement nécessaire que pour l'élocution; mais qui ne sent que ce précepte ne s'adresse pas plus au Génie que les autres? Si vous ne me présentez que des idées communes, vous ne parviendrez à me plaire que par les grâces du style; mais si vous m'offrez une pensée sublime, si vous faites naître dans mon cœur un sentiment vif et profond, alors je sens que c'est le talent qui vous inspire: quel qu'ait été le désordre de votre discours, vous m'avez attendri, convaincu, et cependant les Règles ont été violées. *Servan* et *Dupaty* tonnent contre l'administration vicieuse de la justice criminelle, *Lacrételle* contre le préjugé des peines infâmantes, *Mirabeau* contre ceux qui veulent avilir le beau titre de Représentant du Peuple! Soudain mes sentiments s'exaltent avec les leurs, le feu de leur ame brûle la mienne, et j'ai pour les erreurs ou les abus qu'ils dénoncent, la haine vertueuse qui les rend éloquents.

N'est-ce pas au seul génie d'Aristote, que nous devons cette suite d'observations sur le raisonnement, dont il composa la dialectique? *Euclide* et *Conon* obéissoient-ils à d'autre impulsion qu'à celle de leur vaste intelligence, quand après avoir reconnu les diverses manières dont peut être considérée l'étendue, ils en déduisoient ce bel ordre de propositions lumineuses dont s'est formée la science mathématique? Lorsque Appelle traça ce fameux tableau de la Calomnie, la plus belle image de la force des passions; lorsqu'il peignit cette Vénus inimitable où l'art parut si bien le frère de la nature, se régla-t-il sur les ouvrages de ses prédécesseurs? Celui qui le premier chanta la ruine d'Ylion, où prit-il les divers caractères de ses héros? Comment sans avoir aucun modèle, put-il découvrir tout d'un coup les secrets les plus profonds de son art ? c'est que le Génie est une flamme qui ne brûle qu'au sein des grands Auteurs ; c'est que pour produire des chefs-d'œuvres dans tous les genres, il ne faut qu'imiter la nature, et celui-là l'imite avec succès, qui sait penser avec justesse et sentir avec force.

La réunion de ces deux talents est le véritable fondement de la prééminence du Génie, et la source de tous ses succès dans les diverses parties des beaux arts. Voilà pourquoi dans l'art d'écrire l'Histoire Tacite est si supérieur à Velléius-Paterculus, et si l'on considéroit les diverses renommées de Racine et de Pradon, de le Brun et de Vateau, de la Bruyère et de Nicole, de Montesquieu et de Gravina, de Rameau et de Campra, on verroit que la gloire qu'ils ont acquise, a toujours été proportionnée à la force et à la justesse avec laquelle ils ont su rendre le sentiment et la pensée. Oui, sentez vivement et dites tout ce que vous voudrez, voilà tous les préceptes de l'éloquence proprement dite: voilà ce qu'entend Quintilien quand il dit: *pectus est quod disertos facit et vis mentis* (*libr. 7 cap. X.*) Voilà pourquoi Platon veut que l'éloquence d'un orateur soit quelquefois celle même d'un poëte: enfin c'est ce qui fait dire à Pope que,

» Les Règles n'ont été par les savans tracées
» Que pour donner de l'ordre et du jour aux pensées
(*Essai sur la critique chant* 2.)

C'étoit aussi le sentiment de Rousseau, puisqu'en parlant de la musique, il s'exprime ainsi: » Il y a différentes manières « de rendre le même morceau sans jamais « sortir de son caractère: de ces ma- « nières les unes plaisent plus que les autres, « et loin de pouvoir les soumettre aux « règles, on ne peut pas même les dé- « terminer. » (*Dictionnaire de musique.*)

L'éloquence n'est donc que l'expression vive d'un sentiment profond; on peut donc être éloquent dans toutes les langues, on peut donc l'être par un seul mot, et quelquefois même sans proférer de paroles : il y a dans tous les bons auteurs mille traits éloquents qui ne doivent rien à l'art, ni aux règles, mais tout à la force du Génie.

Les ouvrages qui dépendent de l'esprit et de l'imagination, n'ont pas la même immutabilité que les ouvrages de la nature. Ceux-ci constamment soumis à des lois qui ne changent point, peuvent donner lieu à des théories uniformes : encore ces théories sont-elles exposées à être démenties par des observations nouvelles : mais les causes qui peuvent opérer des changements sur l'esprit d'un peuple, sont bien plus nombreuses ; les coutumes, la langue, les lois, le goût d'une nation varient ; et d'un siècle à l'autre, quelquefois dans un plus court espace, les ouvrages se ressentent de ces diverses altérations. Il paroissoit bien naturel, par exemple, d'exiger de l'unité dans l'action du poëme épique; et de vouloir que les diverses parties de l'action dramatique se passassent dans le même lieu, car la duplicité d'action excite dans l'ame des intérêts qui se combattent, et il est rare que l'action théâtrale puisse changer de l'eu sans nuire à l'illusion: cependant le *Roland* de l'Arioste a eu par-tout les succès les plus brillants et les plus soutenus, quoiqu'il ne présente que des aventures décousues, et Corneille pour avoir voulu observer trop scrupuleusement l'unité de lieu dans les *Horaces*, a péché contre la vraisemblance et les convenances, en choisissant la propre maison d'*Horace* pour lui faire son procès.

On ne peut disconvenir que les anciens n'aient observé plus soigneusement les Règles que les modernes, et que les beautés de leurs ouvrages ne soient plus mâles et plus imposantes; mais cet avantage qu'ils ont sur nous vient du goût

goût dominant qui régnoit alors pour tout ce qui étoit simple et grand. Chez eux la société s'étoit moins écartée de la nature, que parmi nous, et comme la nature fut d'abord le seul modèle qu'on eut sous les yeux, elle fut aussi le seul qu'on imita.

Le dix-huitième siècle en produisant Voltaire, nous a fait voir comme dans un point la réunion de ce qu'on admire le plus dans les Anciens et les Modernes. Car, quel plus beau spectacle pour l'ami des Lettres, que celui d'un écrivain qui familiarisé avec tous les Arts, a obtenu dans tous, les plus brillantes couronnes, qui pour leur rendre la gloire qu'il en recevoit, a hâté leurs progrès par des écrits aussi agréables que solides; et qui le premier de son siècle, a prouvé qu'il pouvoit l'être également des siècles de Périclès et de Louis XIV. Profondément versé dans tous les secrets de l'art de Melpomène, il a prêté à cette Muse une morale plus touchante et un poignard plus tranchant: est-il une de ses Tragédies dont l'intrigue soit aussi compliquée que celle d'Héraclius, ou aussi simple que celle de Bérénice? Semblable à cet ordre d'Architecture qui réunit quelques unes des beautés des trois autres, il est aussi sublime que Corneille, aussi élégant que Racine, aussi pathétique que Crébillon, et plus philosophe que tous les trois. Ses écrits et ceux du dernier Rousseau traverseront avec une gloire toujours croissante le vaste espace des siècles, et prouveront à la postérité, que le Goût le plus exquis peut se rencontrer avec le plus beau Génie. Les ouvrages de ces deux grands hommes seront comme des îles riantes que nos neveux trouveront au milieu de ce déluge de productions obscures qui s'élèvent quelquefois dans les champs de la Littérature: » quel siècle, diront-ils, que « celui où l'on alloit au théâtre applaudir

« *Crébillon*, où l'on apprenoit à penser « avec *Condillac*, où le public étoit pris « pour juge par *Pigale* et *Coustou*, « par *Greuze* et *David*, où *Fontenelle* « semoit quelques fleurs nouvelles autour « du Palais de chaque Muse; où *Buffon* « embellisoit la nature en la peignant, « où *Thomas*, *Marmontel* et *Dalem-* « *bert* philosophoient avec Voltaire, où « *Delille* faisoit revivre Virgile, où enfin « *Nivernois*, *Bernis* et *Gresset* s'effor- « çoient de plaire à un monde sensible « et poli, qui avoit pris les goûts délicats « des hommes qui savoient le charmer. »

O divin Génie, c'est ton souffle sacré qui est l'ame de l'univers! père de l'industrie, tous les arts sont tes bienfaits: ce ne fut qu'au moment où tu parus, que l'on compta les premiers jours du monde; tu chantas l'amour de l'ordre, et la douce harmonie de tes leçons nous apprit à le suivre: tu jetas les yeux sur nos besoins, et tu fis couler la source de nos plaisirs; fécond sans travail, sublime sans effort, tu fais un pas dans l'empire des sciences, et leur enceinte est agrandie: la Musique parle à l'oreille, la Peinture aux yeux, la Philosophie à la raison, toi seul enchantes l'esprit, le cœur et les sens! tu vis la fureur de ceux que la discorde avoit armés les uns contre les autres, et à ta voix éloquente, le fer tombe, il n'est plus d'ennemis: le glaive conquit les hommes, toi seul sus les soumettre: non, ce n'est pas le flambeau des immortels que Prométée déroba, c'est le tien qui brûloit dans son ame!

De même que dans la Musique il y a des dissonnances qui habilement ménagées produisent un grand effet, de même que dans les Armées on réussit quelquefois à merveille en s'écartant de la méthode ordinaire, ainsi dans les sciences on peut avoir de grands succès en se frayant des routes nouvelles. Ce n'est qu'en secouant le joug des Règles reçues, qu'on est venu à bout de leur en substituer de meilleures: Michel-Ange, Palladio, Vignole en Italie; Mansard, Delorme et Lulli en France sont une preuve frappante de cette vérité. Ces grands Artistes traitèrent leur art d'une manière qui n'avoit rien de commun avec celle de leurs prédécesseurs; et des chefs-d'œuvres jusqu'alors inconnus furent le fruit de cette innovation précieuse. Ce qu'on appelle fautes, n'est le plus souvent que d'heureuses hardiesses qui compensent par de plus grandes beautés celles qui résulteroient d'une régularité plus parfaite. La marche naturelle du Génie paroît extraordinaire à ceux qui en manquent, et c'est parce qu'ils sont dans l'impossibilité de le suivre, qu'ils donnent le nom d'*écarts* à quelque-uns de ses pas les plus brillants et les plus rapides. Dans ce sens, faire des fautes, ce n'est pas violer les Règles, c'est au contraire se conformer à une loi qui est la source des beautés les plus fines qu'il y ait dans tous les arts. La nature elle-même nous offre mille exemples de ces irrégularités apparentes qui ne servent qu'à relever l'éclat de ses productions.

Il y a dans tous les arts un beau arbitraire, mais dans les arts d'agrément la vérité a une bien plus grande latitude que dans ceux qui n'eurent d'abord pour objets que les premiers besoins de l'homme, et si le goût varie selon les temps et les lieux, c'est surtout par rapport aux premiers. C'est dans ceux-là que le goût moderne a des lois beaucoup plus austères que le goût antique: si, comme l'observe M. Marmontel, Racine n'avoit connu que les conventions immuables établies par la nature dans les arts d'agrément, malgré son génie, jamais il n'eût pu exprimer le caractère de Phèdre d'une manière aussi heureuse qu'il l'a fait: il falloit nécessairement connoître les bienséances établies par les conventions sociales, pour que les femmes honnêtes pussent admirer Phèdre sans rougir. C'est aussi pour avoir observé ces bienséances, que dans l'art de la Comédie, Ménandre surpassa Aristophane. Il n'est cependant pas moins vrai qu'en quelque genre que ce soit, les Règles se sont trop multipliées, et qu'elles embarrassent également et celui qui compose et celui qui veut exercer la critique. Si dans ses travaux Lully s'étoit astreint aux Règles des Musiciens qui l'avoient précédé, jamais peut-être l'empire de l'harmonie ne se fût étendu, jamais notre oreille n'eût reçu l'impression de ces accords enchanteurs qui nous ont ouvert une nouvelle source de jouissances; mais Lully en se livrant au seul mouvement de son Génie, trouva tout le sublime de l'éloquence musicale.

Il est d'un habile connoisseur d'ignorer ou plutôt de paroître ignorer certaines choses dans un ouvrage qu'il admire;

Les beautés d'une pièce de génie font sur l'esprit la même impression que la lumière du soleil fait sur les yeux; nous ne sommes frappés que de la splendeur qui l'environne, et ce vif éclat ne nous permet pas d'en appercevoir les taches. Pline le jeune en parlant d'un orateur de son temps qui avoit beaucoup de justesse et d'exactitude, mais peu d'élévation et de feu, dit qu'il n'a qu'un défaut; c'est de n'en point avoir. Toujours la fécondité du Génie dédaigna les foibles ressources de l'art; le sentiment et un heureux instinct font souvent ce que le méchanisme des préceptes ne sauroit atteindre, comme le simple coup-d'œil saisit quelquefois ce qui échappe à la règle et au compas. Horace veut que la Tragédie n'ait ni plus ni moins de cinq actes, et *la mort de César* en est-elle moins belle, parce qu'elle n'en a que trois? Dans l'Enéide et la Jérusalem délivrée, le temps de l'action ne se borne pas à un an, comme les Règles le veulent, et cela n'empêche pas que ces deux poëmes ne fassent les délices de tout ce qu'il y a d'esprits cultivés sur la terre.

Le sentier qui conduit aux sciences n'est court que pour le Génie, et ceux qui auroient prétendu l'abréger en réduisant tous les arts au seul principe de l'imitation de la belle nature, ceux-là se seroient grossièrement abusés; car qui ne voit que le principe de l'imitation de la belle nature demande l'étude la plus étendue de ses productions en tout genre? Le premier fondement du beau dans les arts, est le choix d'un sujet capable d'intéresser le cœur, et pour faire un choix judicieux au milieu de tant d'objets qui tous sollicitent votre suffrage par divers genres de mérite, il faut joindre à un tact sûr et prompt cette conception vaste qui embrasse à la fois plusieurs parties; il faut selon l'expression de Cicéron, que l'entendement soit armé de cet œil docte et perçant, *oculos eruditos*, qui puisse en quelque sorte mesurer toute la nature, et la juger ; c'est alors seulement que le talent sera en état de la peindre et de l'embellir.

Produire un ouvrage où tous les rapports des objets extérieurs avec nos sens se retrouvent observés comme dans la nature, n'est-ce pas le dernier effort où puisse parvenir l'esprit humain ? et n'est-ce pas ce que fait l'architecte dans un édifice où tout est régulier, où tout se correspond, où il n'y a pas une partie qui en recevant des autres un appui nécessaire, ne les soutienne à son tour ? N'est-ce pas ce que font le sculpteur et le peintre, l'un en transportant sur une pierre grossière les traits vifs et animés de la figure humaine, en feignant le relief des corps sur une surface platte ; l'autre en faisant naître par l'artifice des couleurs, l'idée de la profondeur sur une planche où tout est parfaitement uni ; en faisant croire que l'air circule autour des objets qu'on y représente; en montrant l'action, le mouvement et la vie sur une toile où tout est immobile? Tous les arts n'étudient l'homme que pour lui plaire et ils ne peuvent y réussir qu'en reproduisant les jouissances que lui procure la nature, mais si les arts ne faisoient que rendre à l'homme les mêmes sensations qu'il reçoit de la nature, ils lui déplairoient infailliblement par cette constante uniformité: au contraire, dans les arts, tout le ravit, tout l'enchante: d'où vient ce plaisir toujours nouveau? c'est que les arts en produisant les mêmes effets que la nature, le font par des procédés différents, et qu'en travaillant sur leur objet, il leur est permis d'y ajouter ou d'en retrancher des circonstances qui changent ou le lieu de la scène, ou les personnages ou les témoins de l'action, sans changer l'action elle-même. Ce qui plaît encore davantage, c'est que les arts ne montrent que ce qu'il y a de plus beau ou de plus délicat dans leur objet: un peintre qui voudra représenter la vieillesse, ne montrera pas ce qu'elle a de difforme ou de rebutant, mais seulement ce qui la rend vénérable; il n'affligera pas le spectateur par l'image d'une destruction prochaine, et mettra sous ses yeux, selon l'expression de *Watelet*, non la décrépitude de Titon, mais l'immortelle vieillesse de Saturne. Les arts occupent agréablement l'esprit parce qu'ils lui montrent et lui procurent un exercice plus agréable encore en lui laissant imaginer ce qu'ils ne lui montrent pas: c'est ainsi qu'en nous surprenant tantôt par leur hardiesse, tantôt par leur réserve, ils nous font regarder comme nouvelles, des sensations qui ne le sont pas en elles-mêmes, mais seulement dans quelques uns de leurs accessoirs, et ce prestige qui donne à des objets aussi anciens que le monde le mérite et les charmes de la nouveauté, est un effet de l'imitation; or cette imitation, quelle étendue de connoissances, quelle étude des modèles, quel sentiment exquis, quelle force de raison, ne suppose-t-elle pas? Horace ne songeoit pas à prescrire une Règle, quand il a dit que la poësie ressembloit à la peinture, *ut pictura poësis erit.* Cependant quel étrange abus n'a-t-on pas fait de ce mot? on a prétendu (*d*) que la peinture du poëte n'étoit bonne qu'autant que l'artiste pouvoit l'adopter; de là dans la poësie la manie des descriptions et celle de l'allégorie dans la peinture: parce que le peintre représente avec toutes ses parties, l'objet qu'il a choisi, le poëte a voulu nous représenter une action avec toutes ses circonstances: aussi que de longs poëmes dont on pourroît retrancher la moitié sans en affoiblir l'intérêt? De même le peintre s'est réglé sur le poëte, et sentant que les moyens de son art ne pouvoient pas rendre tout ce que peut exprimer

(*d*) M. Marmontel, élémens de littérature.

l'instrument de la parole, il a cherché à suppléer à son impuissance par des emblêmes et des allégories, il a présenté aux yeux tout ce qui devoit beaucoup donner à penser à l'esprit, sans faire attention que le langage de l'allégorie n'est jamais sans quelque obscurité, et que les pensées ne peuvent plaire à l'esprit, qu'autant que l'objet qui les fait naître est bien connu de lui. C'est ainsi qu'en voulant établir des Règles, on n'a fait le plus souvent que consacrer des erreurs qui ont retardé le progrès des arts qu'on se proposoit d'enrichir.

Horace en comparant dans le passage cité la poësie avec la peinture, veut seulement prouver que dans ces deux arts il y a des morceaux qui sont faits pour être vus de près, et d'autres pour être vus de loin : c'est dire assez clairement qu'il ne faut pas suivre trop scrupuleusement les Règles dans le jugement qu'on porte des écrits, et si le critique ne doit se soumettre à leur joug qu'avec réserve, l'écrivain devra-t-il seul en porter tout le poids ?

Il est surprenant que dans la théorie, on doute si le Génie est au-dessus des Règles, tandisque personne n'en doute dans la pratique. Quand vous lisez un ouvrage, quelle est la première chose que vous considérez ? c'est si cet ouvrage vous élève, si les idées en sont neuves, la marche rapide, le plan hardi et bien conçu, en un mot s'il y a du Génie, et vous ne pensez aux Règles, que lorsque vous ne trouvez plus aucun trait frappant, c'est-à-dire que pour vous attacher fortement, le Génie suffit.

Un ouvrage n'est pas d'autant plus beau, qu'il est plus conforme aux Règles, autrement il n'y auroit jamais eu de Tragédie plus parfaite que la Zénobie de l'Abbé d'*Aubignac*. Plus les couleurs ressemblent à la lumière, plus elles ont d'attraits pour nous; de même plus l'empreinte du Génie est fortement marquée dans un écrit, plus il est sûr de ravir notre admiration.

Chaque genre de composition a ses Règles certaines, et si un homme de Génie sans s'assujettir aux préceptes de l'art, peut répandre de grandes beautés dans la Tragédie, l'Epopée, le Poëme lyrique, pourquoi ne le pourroit-il pas également dans d'autres ouvrages? Examinons la manière dont Virgile et Fontenelle ont traité l'Eglogue: celles du premier nous plaisent plus que celles du second: quelle est la raison de cette différence? c'est que l'un eut du Génie, et que l'autre n'eut que de l'esprit. Le Génie de Virgile lui fit deviner ce qui étoit capable de plaire à l'homme, indépendament de toutes conventions sociales ajoutées aux convenances immuables; l'esprit de Fontenelle ne servit qu'à le séduire en lui faisant croire que la nouvelle espèce d'Églogue qu'il imaginoit, pouvoit se soutenir; mais le peu de succès qu'il obtint, est une nouvelle preuve, que pour agrandir un genre, il faut peut-être plus de Génie que pour l'inventer.

Qu'il me soit permis de remarquer en passant, que le mauvais goût a eu plus d'empire parmi nous, que chez les anciens. On ne voit pas que la manière précieuse et affectée de Sénèque et de Pline ait eu beaucoup d'influence sur leurs contemporains, ni sur ceux qui les suivirent, au lieu qu'il est visible que c'est Fontenelle qu'ont voulu imiter *Marivaux*, *Duclos*, *Voisenon*, *Dorat* et tant d'autres.

Il n'est pas plus facile d'atteindre le Génie dans les compositions légères et gracieuses, que dans les travaux de la plus haute importance. Combien, qui sans avoir les talents de Racan, ont voulu comme lui chanter les douceurs de la vie champêtre? Le jeune Rhétoricien voit-il Boileau s'égayer avec son jardinier, dans l'épître charmante qu'il lui adresse? soudain il se met sur les rangs, le voilà le rival du maître du Parnasse: ces grâces naïves, cette finesse d'enjouement, cette poësie facile et nombreuse, toutes ces beautés qui nous transportent, il va les reproduire sous des traits plus brillants encore. Mais se livrera-t-il à cette présomption quand il verra Pascal démontrer d'une seule proposition toute la théorie des sections coniques? Ah! c'est ici qu'il est pénétré de toute sa foiblesse, il sent qu'un tel succès ne peut appartenir qu'au Dieu même du Genie: pourquoi donc a-t-il maintenant de ses forces une idée si différente? .... c'est que des talents médiocres lui persuadoient aisément qu'il pouvoit marcher l'égal du bel-esprit, tandis que les productions relevées du Génie n'ont fait naître en lui d'autre sentiment, que le désespoir de pouvoir jamais les égaler.

Observons encore que l'art de décrire les objets brièvement et sous de grands traits, fut plus propre aux anciens qu'à nous: je n'en citerai qu'un exemple, et c'est à dessein que je le choisis dans *Stace*, parce que c'est un auteur dont on connoît beaucoup plus les défauts que les beautés.

Il adresse une Elégie à son ami *Mélior*, pour le consoler de la mort de son fils (*e*) Il commence par lui rappeler l'excès de sa douleur, en lui disant que son oreille irritée contre tous los sons agréables, ne veut plus s'ouvrir qu'aux chants funèbres ; qu'il est plus difficile à calmer que la Tigresse à qui on a enlevé ses petits, ou que les lionceaux qui ont perdu leur mère ; puis il ajoute : *le trait de la douleur restera donc toujours enfoncé dans votre cœur, et semblable au malade dont on ne peut toucher la plaie sans augmenter son mal, on entend frissonner vos entrailles dès quon veut y faire couler le beaume d'une consolation salutaire* . . . .

Stat pectore demens
Luctus, et admoto latrant praecordia tactu.

Ces mots, *admoto latrant praecordia tactu*, forment une image d'une beauté hardie : la comparaison qu'ils renferment est commune, mais présentée sous cette figure, l'idée s'ennoblit et prend un grand caractère.

(e) Voyez au 2 livre des *Sylves*, ad meliorem.

Il n'y a que le Génie éclairé par la connoissance des Règles immuables, qui saisisse à coup sûr ce juste milieu qui est la première source du beau en tout genre, mais ce point échappe quelquefois aux esprits du premier ordre. Pourquoi Homère nous déplaît-il, quand il nous fait voir un Fleuve sortant de son lit pour courir après un homme, et Vulcain tout en feu qui accourt pour forcer le fleuve à rentrer dans ses bords? Pourquoi le Tasse nous révolte-t-il par sa Forêt enchantée, l'Arioste par ses Hyppogriffes, Milton par sa génération du péché mortel, et Virgile même par ses Vaisseaux changés en Nymphes? C'est qu'ils ont manqué à la loi essentielle qui veut que dans l'Epopée le merveilleux soit vraisemblable. (*f*)

(*f*) Les exemples de merveilleux que nous venons de remarquer dans Homère et Virgile, pouvoient être vraisemblables pour leurs contemporains, parce qu'ils étoient fondés sur

L'habileté de Virgile, qui le montre presque toujours comme un homme supérieur, l'a surtout très-bien dirigé, lorsque

---

d'anciennes traditions; mais il n'est pas aussi facile de justifier ceux que nous avons rapportés de Milton, de l'Arioste et du Tasse. Il est vrai que la Poësie a le droit de tout animer, mais elle ne peut le faire qu'en se renfermant dans les bornes de la vraisemblance. Il s'agiroit maintenant de savoir si les Peuples chez lesquels se passe l'action de la *Jérusalem* et du *Rolland furieux*, pouvoient être subjugués par la croyance de la Magie, au point d'être persuadés qu'elle étoit capable de faire sortir de belles Femmes du tronc des arbres, et de produire des êtres moitié Cheval et moitié Griffon: il n'y a pas lieu de croire que leur crédulité s'étendît si loin, puisque'alors on étoit généralement désabusé des prodiges de l'ancienne Mythologie; mais l'imagination, pourvû qu'elle jouisse, ne se rend pas difficile sur les moyens que la poësie emploie pour lui plaire, et ce n'est que de cette manière que les Fictions de la Forêt enchantée, des Hyppogriffes, et autres pareilles ont pu trouver grâce.

voulant peindre la vivacité des combattans, il aime mieux s'écarter des règles ordinaires de la quantité, que de se permettre une élision :

Ferte citi ferrum, date tela, scandite muros.

En mettant *date tela et scandite muros*, il auroit évité une faute, mais le vers eût été moins rapide. C'est ainsi que l'homme de Génie en secouant à propos le joug des Règles, sait intéresser notre esprit. Veut-il s'ouvrir le chemin de notre cœur? l'énergie, ou la majesté de son élocution, le sublime ou le gracieux des images, l'illusion de l'harmonie, l'heureux emploi des précautions oratoires, tout lui assure un triomphe sur les ames les plus rébelles. Il est des obstacles qui ne cèdent ni à la force des armes, ni aux violences de la tyrannie, ni à l'autorité des lois, il n'en est aucun qu'un homme de Génie ne puisse surmonter, il règne même sur les consciences, ce n'est que pour lui seul qu'elles ne sont pas un rempart impénétrable.

Il ne faut pas raisonner du Génie, comme du cœur humain : plus notre cœur suit les Règles d'une saine morale, plus il avance vers la perfection qui lui est propre ; mais plus le Génie se soumettroit au joug des préceptes ; plus il se retréciroit, plus son feu seroit amorti. Et comment lui donner des Règles ? Il est quelquefois éloquent sans rien dire : c'est ainsi qu'un Ambassadeur Romain fait trembler Antiochus en traçant un cercle autour de lui : c'est ainsi que Jérémie pénètre les juifs de crainte par l'idée des malheurs qui les menacent, lorsque dans un profond silence et toute la nation assemblée, il met à son cou des liens et des jougs! Cette conversation par signes qui étoit en usage chez les Juifs, et qui l'est encore aujourd'hui chez les orientaux, est plus éloquente que tous les discours: celui qui parle par signes, donne plus de choses à penser, qu'il n'en exprime, au lieu que dans le discours, il est rare de ne pas fatiguer l'esprit par une profusion indiscrète. Enfin les Règles ressemlent au char du soleil, qui conduit par Apollon éclaire le monde, et qui l'embrase, lorsqu'il est dirigé par Phaéton; ou plutôt les Règles sont comme les lois, elles n'ont pas tout prévu, il faut savoir les étendre, les interprèter à propos ; et les partisans outrés des anciens, en s'opposant aux innovations les plus favorables aux progrès des sciences littéraires, sont tombés souvent dans le même ridicule que cet Ephore de Sparte qui empêcha Terpandre d'ajouter une septième corde à sa lyre. Ce n'est qu'en innovant, qu'on perfectionne, et le perfectionnement des sciences et des arts est pour la société une nouvelle source de plaisirs, mais le plus grand de ces plaisirs est le triomphe dont jouit un homme de Génie en agrandissant ce qu'on n'avoit pas cru susceptible de nouveaux progrès, ou en embellissant ce qui paroissoit se refuser aux grâces. Le soleil forme et murit dans les veines grossières du rocher le plus précieux des métaux, ainsi l'homme de Génie sait faire éclore au milieu des sujets les plus communs des beautés ravissantes, il fait plus, il s'abandonne à lui-même et un coup d'essai devient un chef-d'œuvre. Détouche fit un de ses meilleurs ouvrages, la pastorale d'Issé sans avoir appris les Règles de la composition; au contraire, Boileau dans son ode sur la prise de Namur veut se montrer sévère observateur des Règles qu'il a tracées dans l'art poëtique, et tous ses efforts n'aboutissent qu'à produire une pièce au dessous du médiocre.

Pour répandre un nouveau jour sur l'opinion que nous avons adoptée, nous dirons avec les philosophes, que la perfection n'est autre chose que la variété réduite à l'unité, *consensus in varietate:* c'est à quoi se réduisent tous les préceptes; c'est là en dernière analyse l'unique Règle nécessaire. Or l'homme de Génie, en réfléchissant sur lui-même, ne tardera pas à en sentir la justesse ; il s'appercevra que pour fixer notre esprit, il faut lui présenter un tout, et que pour lui plaire, il faut l'exercer sans lui causer de fatigue ; la variété réduite à l'unité produira seule cet effet, et cette règle étant plus intimément que les autres, fondée sur la nature de l'homme, pour la trouver, nous n'aurons pas besoin de sortir de nous-mêmes. Cette réunion parfaite de la variété et de l'unité est le dernier période où puisse parvenir le Génie ; c'est le chef-d'œuvre de notre entendement, un effort qui tient du prodige, *rem prodigialiter unam*, dit Horace : aussi les écrivains et les artistes qui ont saisi ce point avec précision, ont-ils plu à tous les peuples, malgré la différence des temps, des goûts, des gouvernements, des mœurs, des langues. Une heureuse expérience avoit révélé cette vérité aux anciens, puisqu'ils ne regardoient comme parfaits les ouvrages de l'art, qu'autant qu'il savoit rendre intéressants les sujets que lui fournissoit la nature, en combinant ingénieusement ces deux éléments du beau, l'unité et la variété : *nihil credimus esse perfectum, nisi ubi natura curâ juvatur*, c'est par le même principe, que *Florus* nous attache si puissamment, lorsqu'en parlant de la jeunesse de Scipion, il nous donne d'un seul trait tout le spectacle de sa vie: » c'est là le Scipion qui « croît pour la destruction de l'Afrique: » *hic erit Scipio qui in exitium Africae crescit*. C'est un enfant qui est sous vos yeux, et telle est la force victorieuse d'une grande pensée, que votre esprit apperçoit un Géant. Par le rapprochement que vous faites de leurs rapports, ces deux idées, quoique disparates en apparence, viennent se réunir en un centre commun, et c'est dans ce point de réunion que vous contemplez avec étonnement le tableau sublime du destructeur de Carthage.

En mettant le Génie au dessus des

Règles, nous ne prétendons pas l'affranchir de la loi sacrée des bienséances: c'est pour l'avoir violée, que des auteurs d'ailleurs célèbres n'ont obtenu qu'une partie de l'admiration que leurs talents mieux dirigés auroient remportée toute entière. Rien ne concilie davantage la bienveillance de l'auditeur, que cette parfaite unité de bienséances entre celui qui parle, les choses qu'il dit, et la manière dont il les dit; et ces rapports secrets de l'orateur à son discours, de son discours à ceux qui l'écoutent, forment une branche très-importante de cette unité précieuse que les anciens appelloient un prodige, *rem prodigialiter unam*.

Nous ne prendrons qu'un seul exemple dans l'histoire pour fortifier nos preuves, c'est celui de Phidias. On dit qu'il représentoit mieux les Dieux que les hommes: mais étoit-ce l'observation des Règles, qui avoit produit en lui ce talent? étoit-ce dans l'ordre des choses créées qu'il avoit pu choisir des modèles capables de l'élever jusqu'au surnaturel? Ah ! je vois la cause de cet essor hardi, c'est un mouvement irrésistible qui le porte vers tout ce qu'il y a de plus grand, de plus sublime, c'est la majesté de son Génie qui le rapproche de celle de la Divinité; et l'exemple de cet Artiste célèbre contribue encore à faire ressortir davantage la vérité de la sentence par laquelle nous avons commencé :

Malheureux mille fois celui dont la manie
Veut aux Règles de l'art asservir son Génie.

FIN.

www.ingramcontent.com/pod-product-compliance
Ingram Content Group UK Ltd.
Pitfield, Milton Keynes, MK11 3LW, UK
UKHW021002180726
13838UKWH00003B/1420